使 女 的 故 事
THE HANDMAID'S TALE

瑪格麗特·愛特伍
MARGARET ATWOOD

改編&繪圖　芮妮·諾特

愛特伍作品集12

使女的故事（圖像版）

國家圖書館出版品預行編目(CIP)資料

使女的故事 / 瑪格麗特·愛特伍（Margaret Atwood）著；芮妮·諾特（Renée Nault）改編·繪圖；
李之年譯. -- 初版. -- 臺北市：天培文化出版：九歌發行, 2020.08
　　面；　　公分. -- (愛特伍作品集；10)
譯自：The handmaid's tale.
ISBN 978-986-98214-6-9(平裝)

885.357　　　　　　　　　109009255

原　　　作	瑪格麗特·愛特伍（Margaret Atwood）
改編·繪圖	芮妮·諾特（Renée Nault）
譯　　　者	李之年
責 任 編 輯	莊琬華
發 行 人	蔡澤松
出　　　版	天培文化有限公司
	台北市105八德路3段12巷57弄40號
	電話／02-25776564·傳真／02-25789205
	郵政劃撥／19382439
九歌文學網	www.chiuko.com.tw
印　　　刷	前進彩藝股份有限公司
法 律 顧 問	龍躍天律師·蕭雄淋律師·董安丹律師
發　　　行	九歌出版社有限公司
	台北市105八德路3段12巷57弄40號
	電話／02-25776564·傳真／02-25789205
初　　　版	2020年8月
定　　　價	560元
書　　　號	0304012
I S B N	978-986-98214-6-9

THE HANDMAID'S TALE (GRAPHIC NOVEL) by MARGARET ATWOOD
Copyright: ©2019 BY O. W. TOAD LIMITED
This edition arranged with CURTIS BROWN - U.K.
through Big Apple Agency, Inc., Labuan, Malaysia.
Traditional Chinese edition copyright:
2020 TEN POINTS PUBLISHING CO., LTD.

I

NIGHT

夜

紅色感化中心。

我們睡在曾是體育館的地方。

嬤嬤來回巡視著。

她們腰間的皮帶釦上掛著電刺棒，
但沒有槍，即使是嬤嬤，當局也不
放心配予槍枝。

只有從天使軍中千挑萬選出來的衛兵
才能配槍。但他們不許踏入這棟館內，
我們也不許出去。

除了每天兩次
的散步之外。
兩人成對，
繞著足球場走。
現在球場四周全
用菱形網圍籬圍
起，圍籬上方則
是倒刺鐵絲網。

天使軍背對著我們，
駐守在圍籬外。

在昏暗微光下，我們曾趁嬤嬤沒留意的時候，伸出手背越過各床鋪相隔的空間，去觸碰彼此的手。

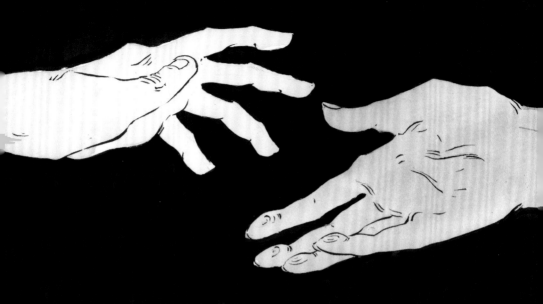

我們學會讀唇語。頭平躺在床上，側身凝視彼此的嘴唇。
我們用這種方式來互通彼此的名字，
一床接一床傳下去：

阿爾瑪。

珍妮。

德羅拉絲。

莫伊拉。

瓊。

II

SHOPPING

採 購

大主教的房子。

我現在的名字叫奧芙弗雷德，這裡是我住的地方。

一把椅子，

一張桌子，

一盞燈。

雪白的天花板上有著花環狀的浮雕裝飾，
浮雕中央空無一物，經粉刷過，像是臉上的眼睛被挖了去。
那裡以前一定裝有枝形吊燈。
所有可讓人掛上繩子的東西全移走了。

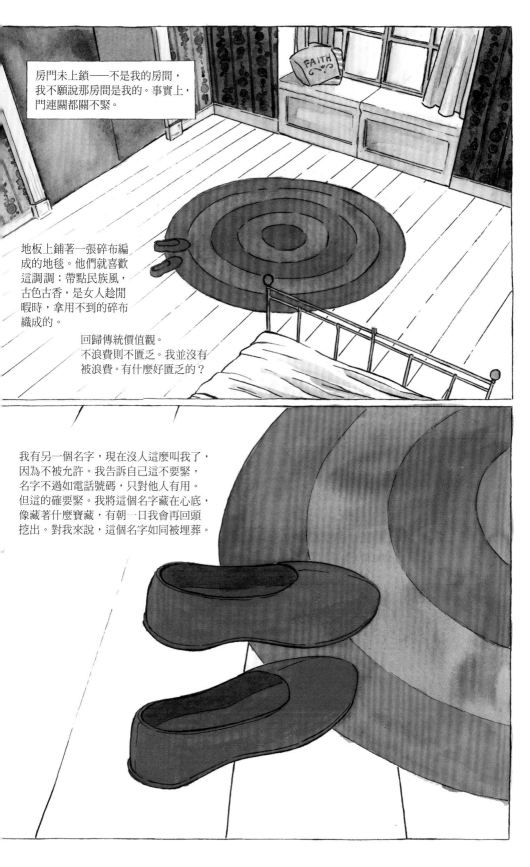

房門未上鎖——不是我的房間，我不願說那房間是我的。事實上，門連關都關不緊。

地板上鋪著一張碎布編成的地毯。他們就喜歡這調調：帶點民族風，古色古香，是女人趁閒暇時，拿用不到的碎布織成的。

回歸傳統價值觀。不浪費則不匱乏。我並沒有被浪費。有什麼好匱乏的？

我有另一個名字，現在沒人這麼叫我了，因為不被允許。我告訴自己這不要緊，名字不過如電話號碼，只對他人有用。但這的確要緊。我將這個名字藏在心底，像藏著什麼寶藏，有朝一日我會再回頭挖出。對我來說，這個名字如同被埋葬。

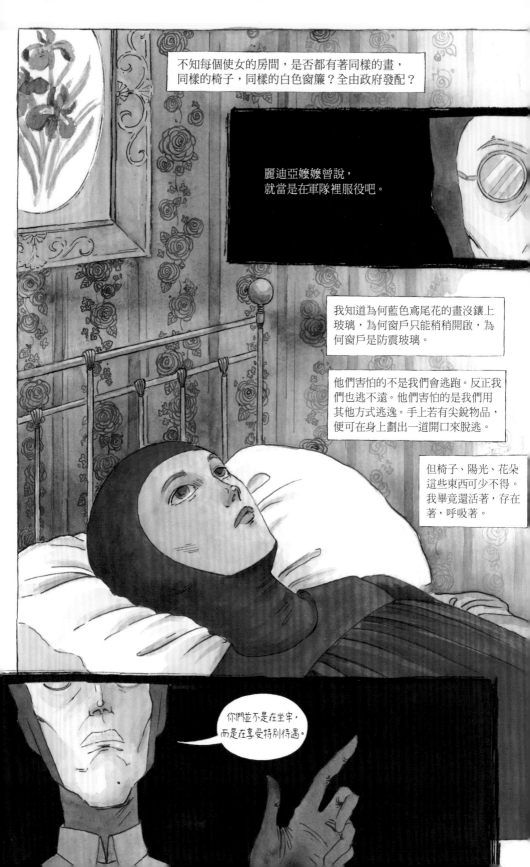

使女身上穿戴的全是紅色：
這如鮮血般的顏色，是使女的標籤。

雙翼頭巾也是規定必得配
戴的。頭巾遮住臉，讓我
們看不清外界，外界也看
不清我們的真面目。

我穿紅色向來
不好看，這顏色
並不適合我。

花園是大主教夫人
的地盤。

許多夫人都有類似的花園，
供她們打點整治、悉心呵護。

除非逼不得已，
她不會跟我說話。

我令她顏面盡失，
她卻又少不得我。

這也是我們拚命要達成的目標。

我突然想起在哪看過她了。

小時候我曾看過她，在我八、九歲的時候。

有時，星期天早上找不到卡通節目看的時候，我會轉去看《成長性靈福音時間》節目，這節目會講聖經故事給孩子聽，還會唱聖歌。

其中一名唱聖歌的女子叫賽麗娜·喬伊，她是女高音主唱。

她可以同時又哭又笑，以顫音輕鬆飆到最高音時，雙頰會優雅地滑落一兩滴淚珠，拿捏得恰到好處。

坐在我面前的這個女人就是賽麗娜·喬伊本人，或曾經是。

看來，情況比我想的還要糟。

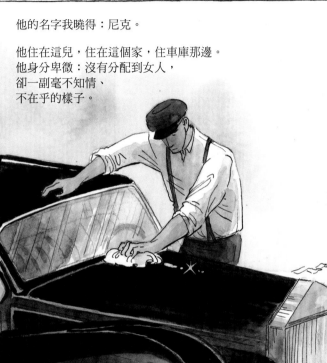

他的名字我曉得：尼克。

他住在這兒，住在這個家，住車庫那邊。
他身分卑微：沒有分配到女人，
卻一副毫不知情、
不在乎的樣子。

他剛剛冒險踰矩，
但是為了什麼？
不怕我告發他嗎？

或許他只是想示好罷了。

或許是在測試我，
看我會怎麼做。

或許他是個眼目。

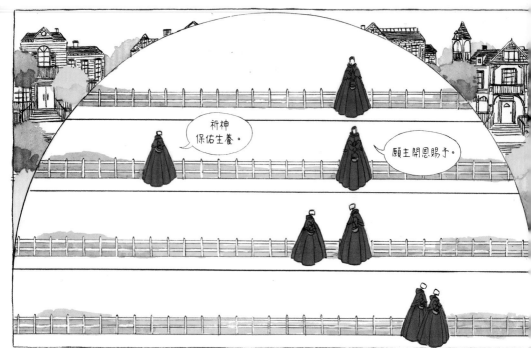

祈神保佑生養。

願主開恩賜予。

除非兩兩結伴同行，否則我們無法外出。這本該是為了保護我們。

但其實她是在監視我，我也在監視她。

這個女人做我的同伴已有兩星期。我不知道上一個同伴出了什麼事。她的名字是奧芙格倫，我所知僅止於此。

聽說戰事順利。

感謝主。

主賜予我們好天氣。

在我看來，她的一舉一動都是在作秀。矯揉做作，好讓自己看起來得體。

從昨天開始，他們又打敗了更多叛軍。

感謝主。那些叛軍是誰？

是浸信會教徒。他們在藍丘有據點，天使軍用煙把他們燻了出來。

感謝主。

不過，她一定也是這麼看我的。不然還能怎麼看？

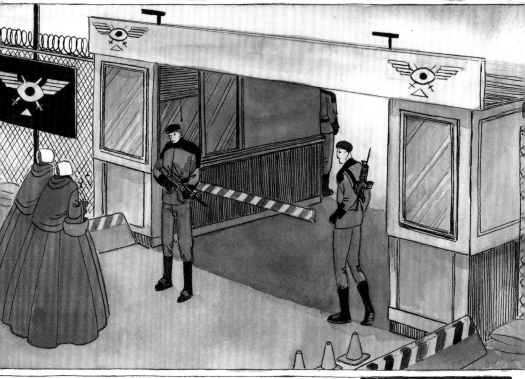

守護信仰的衛士。

我們的服務性質崇高，他們是該對我們畢恭畢敬。

他們仍不許
碰女人。

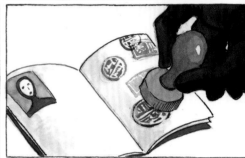

不過,他們會偷瞄
幾眼,過過乾癮。

行經哨口時,我稍
微扭腰擺臀了一下。

我很享受
魅惑的力量。

這裡是基列共和國的心臟，戰爭只出現在電視上，入侵不了這裡。此地邊界模糊不清，視我軍進攻、遭反擊的戰況而有所變動。但這裡是共和國的中心，一切屹立不搖。

麗迪亞嬤嬤說，基列共和國無邊無際，基列就在你心裡。

這裡曾住過醫生、律師、大學教授。現在律師已不在，大學也關閉了。

有時候我和盧克會一起在這些街道上漫步。
我們曾聊過要買一棟像這樣的房子，買棟古老的大房子，再重新整修。

大街上還有其他提著購物
籃的女人。

穿紅衣的是使女。

穿單調綠衣的是馬大。
她們也戴頭巾，不過只有
外出時才戴——
我想沒有人會在乎誰
看見馬大的臉。

那些穿著窮酸條紋洋裝
的女人，則是窮人家的
妻子，大家管她們叫經
濟太太。這些女人沒有
分配到特定職務，什麼
事都得做。

有時，街上還可見一身黑衣的
寡婦。以前寡婦較多，現在似
乎越來越少了。

人行道上是看不到大主教夫人的。
你只會看到她們坐在車子裡頭。

「田野百合」、「肉鋪」、「奶與蜜」等店鋪，店名都被油漆蓋掉了。他們覺得連店名對我們都有太大的誘惑。現在，只能靠招牌來辨識這些店。

大家的話都不多，不過倒是偷偷東張西望。外出採購可能會遇到熟人，有從前的舊識，也有在紅色感化中心認識的人。

要是能看到莫伊拉就好了。只要看一眼，知道她還活著就夠了。有朋友這種事，現在很難想像。

有群遊客，看樣子是從日本來的。

我和奧芙格倫忍不住盯著他們瞧。

我們看得入迷，同時也心生反感。

他們彷彿沒穿衣服。

然後我心想：從前我也曾是那副打扮。那就是自由。

才不過轉眼之間，我們看待這類事情的觀點就變了。

不好意思。他們問能不能拍你們的照片。

西化，他們過去如此形容。

我深知絕不能答應

就算看了也不打緊。我們本該好好看著：
正是為此，這些屍體才被吊在圍牆上。

有時，屍體會掛上數日之久，直到換上新的一批，
好讓人有機會看見，越多人看見越好。

III

NIGHT

夜

夜晚屬於我，是我獨有的時間，
隨我想做什麼都行，
只要我默不作聲。
只要我不走來走去。
只要我躺著一動也不動。

IV

WAITING ROOM

等候室

每個月會有人帶我去看一次醫生，做檢查：
驗尿、驗荷爾蒙、做子宮抹片、驗血。
這些檢查和從前做過的沒什麼兩樣，
只是現在是義務，非做不可。

醫生從未看我的臉。他只要檢查身體即可。

若絕非必要，醫生是不會跟我講話的。

不過，這個醫生卻挺多話。

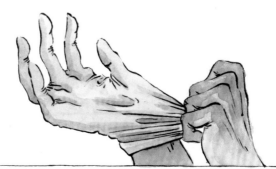

診間的門上了鎖。沒人進得來。他們永遠不會知道孩子不是他的。

那些老頭大多不是雄風不振，就是不育。

他說了禁語：不育。現在已經沒有男人不育這種說法，至少檯面上沒有。只有生得了孩子和生不了孩子的女人。法律寫得明明白白。

你現在是排卵期，時機正好。今天或明天都可以。大好良機，何必白白浪費呢？

很多女人都這麼做。你想要有個孩子，不是嗎？

是的。

給我孩子，不然我就去死。

這句話不單只有一種意思。

只要一下子就好了，寶貝。我實在看不下去你這樣受他們折磨。

太危險了。不行。我做不到。

被抓包的懲罰是死刑。

你剩沒多少時間了。不過，命是你自己的。

你考慮一下。

我看了你的紀錄表。這是你第三次上任了，不是嗎？

圍牆上掛了三具新屍體。
一具是牧師，身上仍穿著黑法衣。
另外兩具的脖子上，則掛著紫色告
示牌：背叛性別罪。
他們仍穿著衛士軍服。一定是偷情
時被人逮個正著。

今天是個
美好五月天。

是啊。
感謝主。

我們讀高中時學過，
五月天（Mayday）曾是
很久以前戰爭時用來
求救的信號。

你知道Mayday
的詞源嗎？

不知道。用這個詞來
求救，好像怪怪的，
不是嗎？

它來自法文的
M'aidez這個詞。

救救我。

賽麗娜・喬伊，
好一個蠢名字。

這也不是她真名，
從來都不是。

看過這個嗎？

她的真名是潘。
我在雜誌上讀到過。

TIME

那時她已不再唱歌，
而是忙著到處演講。

她到處宣導家庭有多麼神聖，女人應
該待在家相夫教子。賽麗娜・喬伊並
未以身作則，反倒四處演講。不過，
她稱自己不安於室，是為了大我而犧
牲小我。

當時，曾有人試圖暗殺
她，卻失手射偏了。

還有人在她的車子裡裝
炸彈，只是太早引爆。

不過，有些人說車上那
顆炸彈是她自己裝的，
只是為了博取同情。當
時這件事可是鬧得滿城
風雨。

她現已不再演講了，變得沉默
寡言。

她老是待在家，
但這種生活與她格格不入。

而今她宣揚的信念，
句句成讖，
她一定惱怒得不得了。

……拿棒針刺她的肚子。
一定是忌妒心作祟，她才會
鬼迷心竅……

今天是沐浴
的日子。

是啊。

誰去幫她
準備沐浴？

我打掃完後就去弄。

反正記得做
就對了。

對她們來說，我不過是
眾多家事中的一件。

有個人站在我房門旁邊。

是大主教。

他不應該出現在這裡。

他違反了規定。我該如何是好？

隱隱有事露出端倪，但究竟是什麼？

他進了我的房間？我竟稱它我的房間。

我在我房內等候，如今這裡成了等候室。

先是等候沐浴，然後等候晚餐。

再是等候授精儀式。

麗迪亞嬤嬤說，僅是佇立隨侍，也是在效勞。她要我們記下這句話。

你們當中，並非所有人都會一帆風順。有些人落在硬土或布滿荊棘的土地上，長不出苗，有些人落在淺土上，很快便開枝散葉。把自己想成是種子……

這個房間有別人住過。

住進來三天後，我就發覺了。

我有的是大把時間要打發，於是決定來探索這房間。不疾不徐，從容地好好探查一番。

我把壁櫥留待第三天才去察看。

那裡刻著一行字,看起來是用
大頭針或指甲刻上去的。

我看不懂那行字的意思,
連是哪種語言都不曉得。
我想,或許是拉丁文。

無論是什麼語言,它傳達某種
訊息,用文字寫下的訊息,文
字本身就是禁忌,且尚未有人
發覺。只有我發現,這行字是
寫給我看的。

NOLITE TE
BASTARDES
CARBORVNDORVM

是寫給後繼者看的。

想到正和她,和這個不知名的
女子交流,我就暗自欣喜。
有時候,
我會對自己複述這行字。
它們為我帶來了微小的愉悅。

我好想知道她是誰,
是生是死,下場如何。

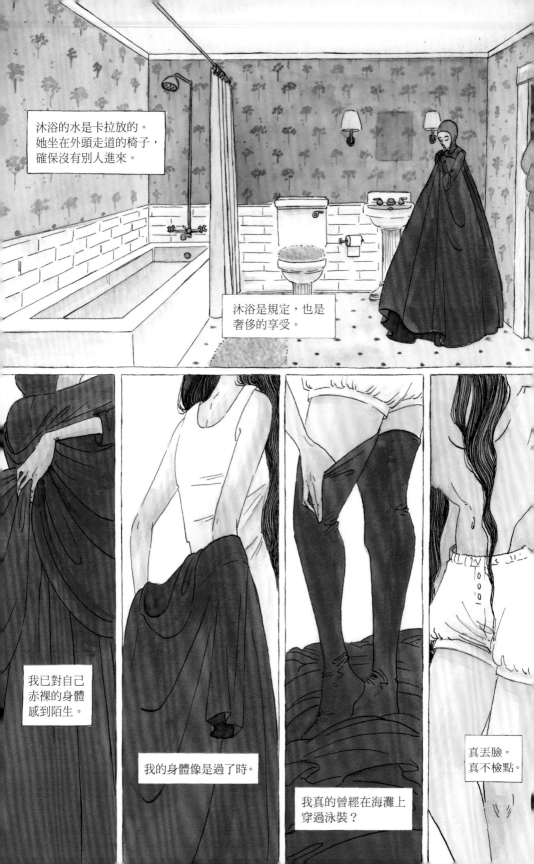

沐浴的水是卡拉放的。
她坐在外頭走道的椅子，
確保沒有別人進來。

沐浴是規定，也是
奢侈的享受。

我已對自己
赤裸的身體
感到陌生。

我的身體像是過了時。

我真的曾經在海灘上
穿過泳裝？

真丟臉。
真不檢點。

我別開眼，不去往下看自己的
身體，不是因為裸身丟臉或不
檢點，而是因為我不想看它。

我不想去看如此徹底決定我
這個人的東西。

我是國家資源。

我閉上眼，
而她就在我身旁。

突然間，關於女兒的
回憶冷不防來襲，一定
是香皂氣味的緣故。

每次想到她，
她的歲數都不一。

只有這樣，我才能知道
她不是鬼魂。如果她是
鬼魂，就永遠是一樣的
年齡，不會長大。

她消失了，我無法將她留在我身邊，她已不在。
或許我真把她當鬼魂，死去女孩的鬼魂。
一個五歲時就死去的小女孩。

他們一定告訴她我已經死了。
他們會說，這樣她才比較容易
適應。

現在她應該八歲大了。
我自行補上那些流失的時光。
我深知自己流失了多少時光。

當親生骨肉死了比較輕鬆。
這樣就不用懷抱希望或徒勞掙扎。

何必要自己用頭
猛力撞牆呢？

今晚我不餓。

胃痛得要命。

奶油要等到夜深時再用。今晚身上是不能帶有奶油味的。

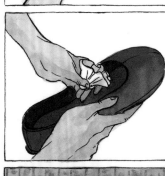

V
—

NAP

午　休

我等待著，

全身梳洗乾淨，

被餵得飽足，

活像頭優良種豬。

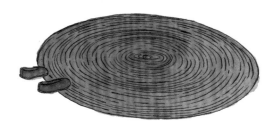

空閒時間多的是。
這我倒沒料到——大把
時間無所事事，毫無內
容的空白。

你們可以隨時練習。

每天練個幾次，把它當作日常例行公事。

手臂放兩側，

膝蓋彎起，

骨盆抬起……

……慢慢將腰臀放下。

收小腹。再來一次。吸氣，數到五。把氣憋住，吐氣。

他們說這段時間要休息和冥想。不過現在，我覺得休
息也是一種練習。讓我們有機會，去習慣空閒時間。

奇怪的是，我們居然真的需要這段休息時間。大多數的人都睡
著了。在感化中心裡，我們經常覺得疲憊不堪。我想，可能是
食物裡被人下了鎮靜劑之類藥物的緣故吧。
且也可能不是這樣。或許是這地方本身的緣故。從最初的驚心
動魄，到不得不屈從，如今，還是倦怠萎靡的好。你大可自圓
其說，說這是在養精蓄銳。

莫伊拉進來時，
我應該已經在那裡待上三個星期了。

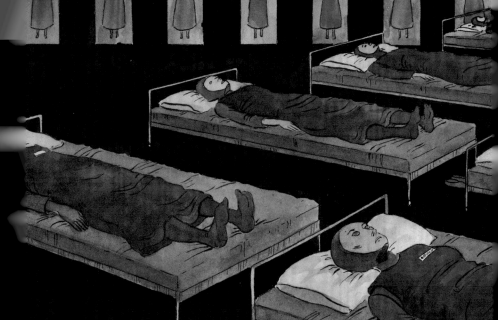

好幾天我都沒辦法
和她搭上話。
友誼會啟人疑竇，
這點我們都
知曉。

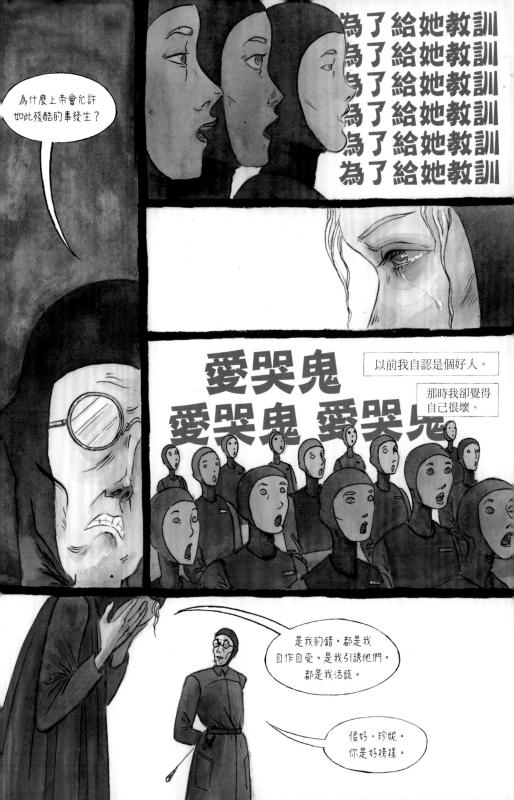

我得等到
懺悔告一
段落，
才能舉手
說要上
廁所。

廁間是木頭打造的，
當然都沒有門鎖。

VI

HOUSEHOLD

一　家　人

在起居室裡，我從未坐著過，都是站著或跪著。家中全員到齊。他們全都必須在場，這是授精儀式的規定。

我好想從這裡偷點什麼，偷個小玩意，藏在裙褶內，或我那上了拉鍊的袖子裡。

每隔一段時間，我會把它拿出來端詳一番。這樣會讓我覺得自己有能力，即便不過是在妄想。

老是遲到。

尼克靠好近，靴子尖端都碰到我的腳了。莫非他是故意的？

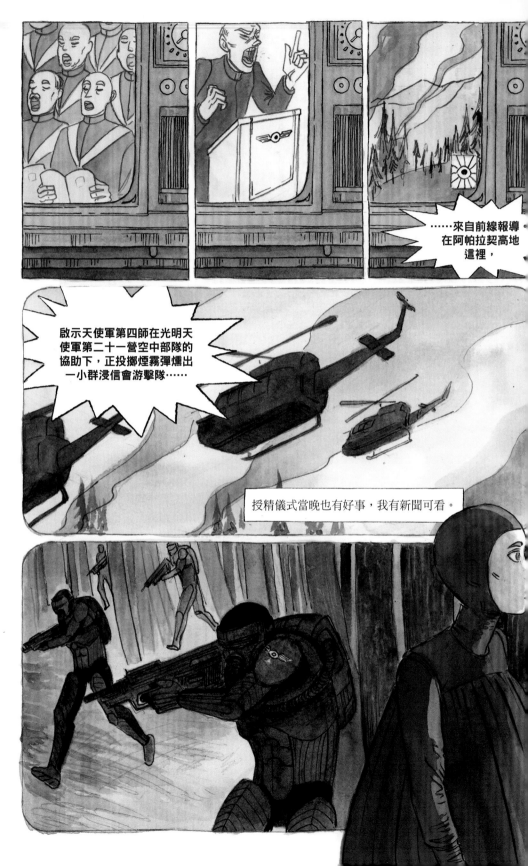

大主教。

要是他失勢、垮台或過世了，
我們將有何下場？

聖經總是放在上了鎖的箱子裡，就像過去茶葉總
是鎖在盒中，以防備人偷竊。聖經是可燃物，誰
知道若是我們拿到手，會怎麼利用？只能由他誦
讀給我們聽，我們不得自行閱讀。

我們轉頭望向他，引頸企盼床邊故事。

我會裝病。他們會派救護車來。我看過救護車。

她總是會低聲啜泣。

……接著利亞說，上帝給了我後代，因為我將使女獻給我丈夫。

≈嗚≈

她肯定恨透了我。

好了，現在大家來默禱一分鐘。向神祈福，祈求萬事順遂。

≈嗚≈
≈嗚≈

我默默祈禱：

Nolite te bastardes carborundorum.

我不知道這行字的意思，但念起來挺順口的。

想像寫下這行字的女人時，她的臉孔換成了莫伊拉。

我看著她出去，躺在擔架上，兩名天使軍將她抬上了救護車。她在發燒。

他們把她帶到曾是科學實驗室的房間。
那地方沒人會想去。

事後，她整整一星期都無法走路，
腳腫得塞不進鞋子裡。

初犯他們是對腳
用刑，用的是兩
端磨損的鋼繩。
再犯的話就輪到
手。他們才不管
你手腳如何，就
算終生殘廢也無
所謂。

我仍在默禱，只是浮現
在我眼前的，是莫伊拉
的雙腳，被人抓回來後
的雙腳。

她的腳看起來
面目全非。

就像浮屍的腳，
腫脹軟爛，
只是還帶血色。

看起來就像肺一樣。

喔，上帝，我默默祈禱著。
Nolite te bastardes carborundorum.
你心裡也是這麼想的嗎？

上帝的眼目遍察全地，
要顯大能幫助一心歸向祂的人。

阿門。

阿門。

阿門。

授精儀式一如往常地進行。

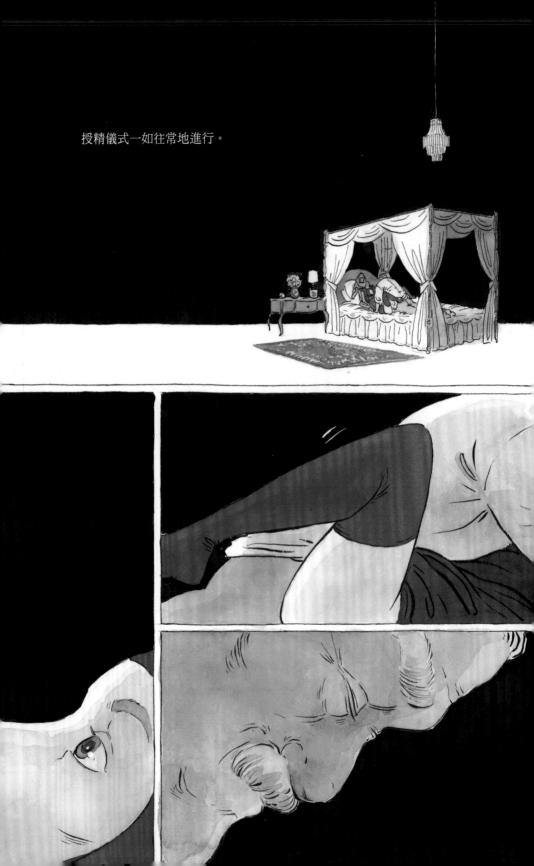

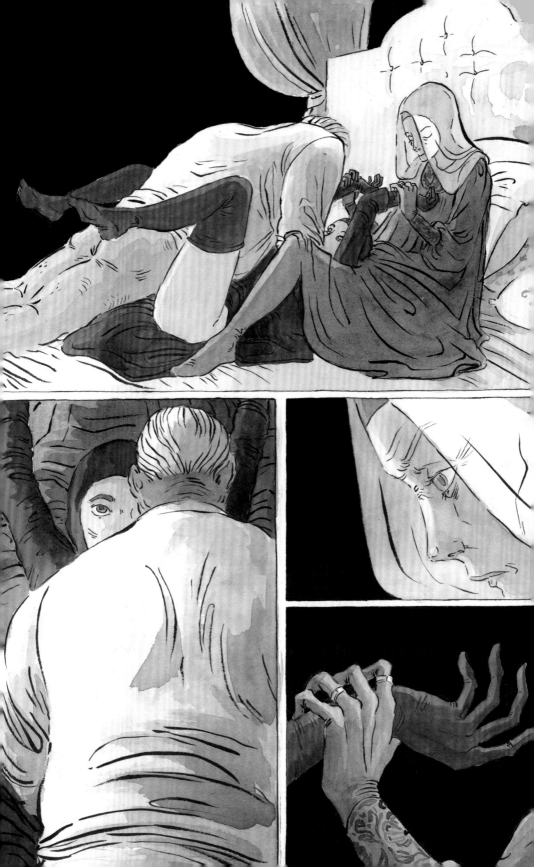

你可以起來了。

起來，出去。

滾出去！

她本該讓我躺著，雙腳蹺到枕頭上休息十分鐘，提高受孕機率。

這本該是她靜靜冥想的時間，但她完全沒有心情。

這個儀式對誰來說更難受？是她，還是我？

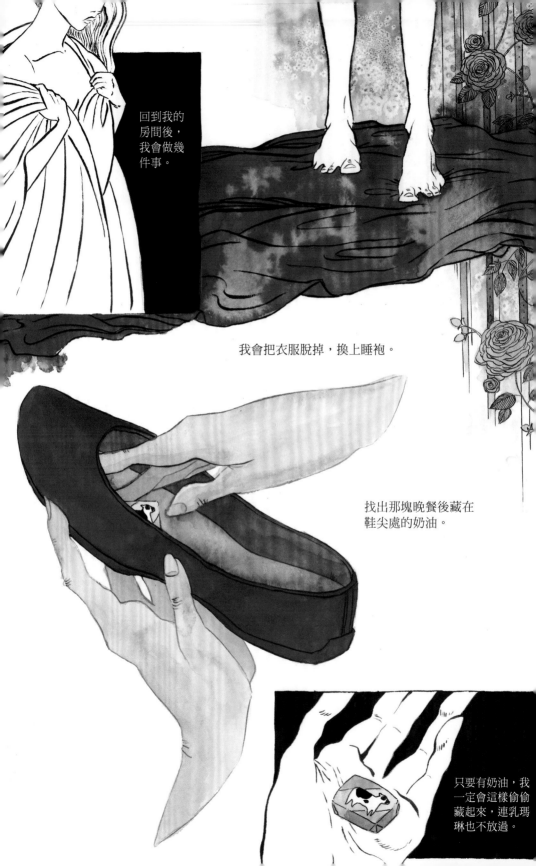

回到我的房間後，我會做幾件事。

我會把衣服脫掉，換上睡袍。

找出那塊晚餐後藏在鞋尖處的奶油。

只要有奶油，我一定會這樣偷偷藏起來，連乳瑪琳也不放過。

我把奶油塗到臉上，
擦在手上，按摩到肌膚
完全吸收。

他們禁止我們用護手乳和面霜。
這些東西被視為奢侈品。
我們是容器，重要的只有身體
的內裡。任憑外貌變得粗糙、
長滿皺紋，如同堅果的外殼，
他們都無所謂。

曾待過這間房的前任使女，
一定也這麼做過。我們都這麼
做過。

只要持續把奶油塗到肌膚
上，保持肌膚柔嫩，我們
就能相信終有一日會離開
這裡，再度有人愛，有人
渴求，有人撫摸。

我們有自己私人的儀式。

我們居然淪落到
屈就於這玩意。

VII

NIGHT

夜

塗上奶油，在床上躺平，活像一片吐司。

輾轉難眠。

昏暗中，我盯著天花板中央那顆被油漆抹去的盲眼，
它也向下回望著我，雖然它什麼也看不見。

我該拿什麼？

拿些沒人會留意的
東西好了。

別大叫。沒事。

你在這裡
做什麼？

被人撫摸，感到欲求不
滿，這樣的感覺真好。

盧克，你會了解的。

VIII

BIRTHDAY

生 產 日

樓上傳來先抵達奧芙沃倫房間的女人們的頌唱聲。

夫人們輕揉沃倫夫人小小的肚子，彷彿是她自己要生孩子似的。

……喔，可是你運氣已經算好了。他們有些人衛生習慣好差，真是莫名其妙。

而且笑都不笑，整天窩在房間耍憂鬱，連頭也不洗，味道臭死了。我還得叫馬大拖她去洗，差點要把她強壓到浴缸裡……

我那個逼我不得不使出鐵腕，現在可好，她連晚餐也不好好吃了。

其他東西則是一口也不吃。我們的作息可是都很規律的。

是個女孩，真可憐，不過到目前為止
一切順利，至少看起來沒問題。

手、腳、眼睛，我們默默數著，
所有器官都到位。

安吉拉。

她沒有說：因為她們不會有其他
生活方式的記憶。

她說的是：因為她們不會妄想得
到無法擁有的東西。

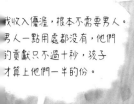

我收入優渥，根本不需要男人。男人一點用處都沒有，他們的貢獻只不過十秒，孩子才算上他們一半的份。

喔，這我可不曉得。男人似乎也有一番作為，創造文明之類的。

總之，我聽說女人無法做抽象思考。

沙文豬。

她這樣嗆實在太奇怪了。

我有資格嗆。我年紀一大把了，該做的事也都做了。你只不過是個乳臭未乾的小子。剛剛我應該叫你小沙文豬的。

你看看他，還下廚做晚餐呢。要是在以前，你根本不許有這種嗜好。人家會罵你是怪胎。

好了，媽。別為這種無謂的事吵了。

無謂的事。你說這叫無謂的事。你們年輕人根本不懂得惜福。

……膝蓋彎起，骨盆抬起，慢慢將腰臀放下。收小腹。再來一次。

吸氣，數到五。呼氣。手臂放兩側……

你們不知道我們得拚死拚活去爭，才能爭來你們這種生活。

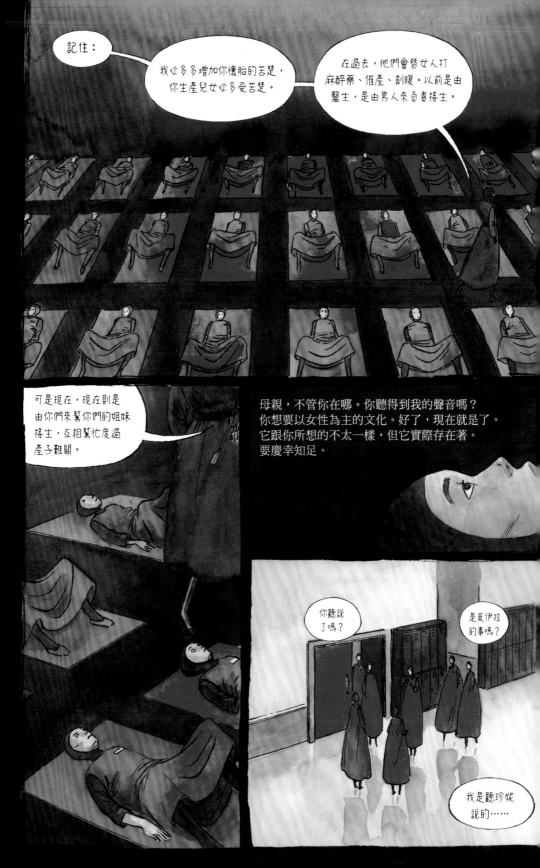

她仍在外頭。

你覺得她會在哪裡……

……任何地方都有可能！

……或是死了。

她會做什麼？

莫伊拉就像一座四邊開放的電梯。她令我們頭暈目眩。我們早已忘卻自由的滋味，早已相信周遭高牆環繞防備森嚴，插翅難逃。

儘管如此，莫伊拉仍為我們所憧憬。我們都以為她隨時會被人拖回來，就像以前那樣。我們無法想像這次他們會怎麼懲處她。無論怎樣，絕不會手下留情。

可是什麼事都沒發生。莫伊拉不再出現，至今仍未出現。

我來這裡是不合規矩的。

我們禁止和大主教單獨相處。
我們到這裡來只為生兒育女：
我們既不是妃嬪，也不是藝伎，
更不是交際花。我們不過是長著兩
條腿的子宮：神聖的容器，能行走
自如的聖餐杯。

他到底為什麼想在夜深之時
單獨見我？

如果我被逮個正著，我就會落入賽麗娜
手中，任憑她發落。我將被重新分類，
成為所謂的失格女。

可是拒絕他的後
果可能更慘。
無庸置疑，真正
手握大權的人
是他。

但他一定是有求於我。

有所求就有弱點。就像無堅
不摧的牆壁出現了小裂縫。
要是我貼近這道裂縫端詳他
的弱點，或許能看出下一步
該怎麼走。

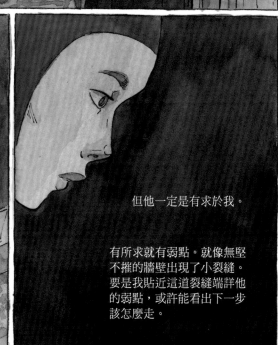

我想知道他到底
想要什麼。

把門關上。

來，你可以坐下。

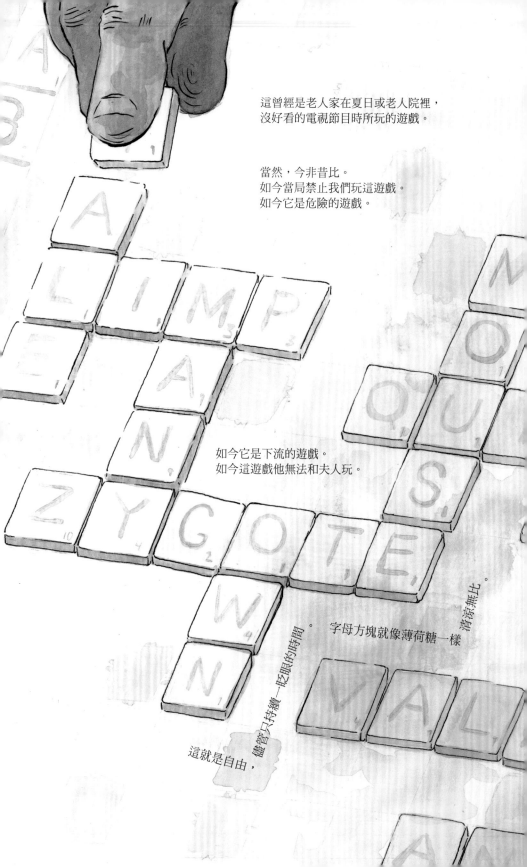

這曾經是老人家在夏日或老人院裡，
沒好看的電視節目時所玩的遊戲。

當然，今非昔比。
如今當局禁止我們玩這遊戲。
如今它是危險的遊戲。

如今它是下流的遊戲。
如今這遊戲他無法和夫人玩。

字母方塊就像薄荷糖一樣　清涼無比。

這就是自由，　儘管只持續一眨眼的時間

的滋味。字母C。脆脆的，含著舌尖微酸，真是可口。

我好想把它們放進嘴裡。嚼起來也會有些檸檬

頭一回合是我贏。第二回合我故意輸給他：我還不知道條件是什麼，我能要求什麼作為陪他玩遊戲的交換。

是時候放你回家了。

我是指回你房間去。

謝謝你陪我玩遊戲……

就像是在幽會。

暗地背著人出軌。

好。

我希望你吻我一下。

不是這樣。

要真心的吻。

IX

NIGHT

夜

有什麼改變了。
情勢有所變化。

我必須正視他的渴求。這件事可能意義重大，
或許可成為我的免死金牌，
也可能讓我墮入地獄。

X

SOUL SCROLLS

安魂經卷

我得再去拿一盤來。
真浪費。你像那樣倒在
地上幹什麼？

我一定是
昏過去了。

這是害喜的
初期症狀！

不，不是你想
的那樣。我只是
有點頭暈。

真是嚇死
我了……

起初我以為地上那圈只是
衣服，很像是衣服。接著我心想，
怎麼會把衣服扔在地上？

我以為你
可能……

這就是為何她會驚聲尖叫。

原來發現她屍首的人是卡拉。

那已是五月的事了。如今春天已過。
綻放後的鬱金香現已凋零，
花瓣如牙齒般一片片脫落。

我和大主教約好了。

一星期會去見他兩
三次，都是在晚餐
過後，但只有接到
暗號才會前往。

暗號是尼克。
如果他的帽子
歪著戴，我就會去。

翻雜誌的時候，我覺得大主教一直在盯著我瞧。我知道自己在做不該做的事，也知道他看我這樣很樂在其中。

為什麼你會有這種東西？

我們之中有些人……對舊事物還有所依戀。

一些什麼？

護手乳。或是面霜。我們的皮膚實在很乾。

乾？那你們要怎麼辦？

用奶油。只要弄得到的話。或是用乳瑪琳。大都是用乳瑪琳。

當時花園中綻放的是鳶尾花，華美瑰麗，風骨清冷，高掛在細長花梗上，宛如吹製玻璃般。形似淌血心臟的花瓣，姿態柔美嫵媚，竟沒被人早早連根拔了去，實在令人意想不到。

奶油。真是聰明。用奶油。

我想我可以弄一些來給你。不過你身上的味道她可能會聞出來。

我會小心。況且她從不會靠我太近。

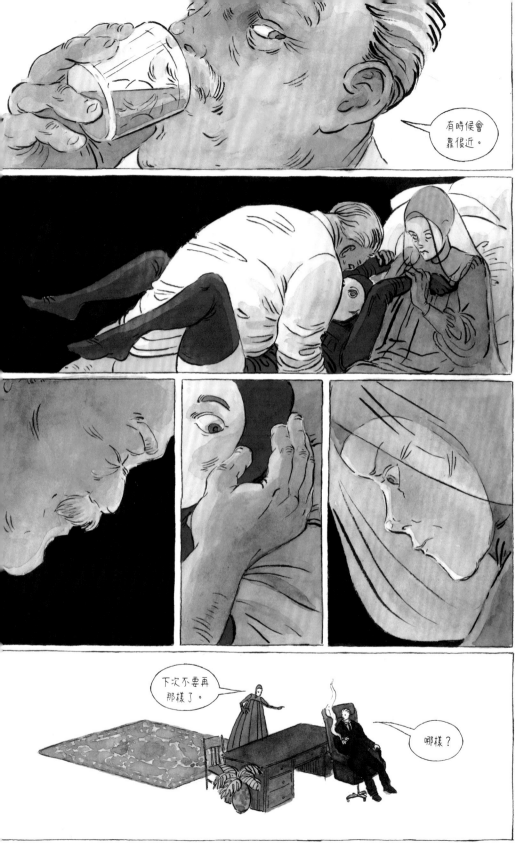

我和奧芙格倫現在相處較融洽了，
我們已習慣彼此的陪伴。

有時候我們會變換路線。只要待在
圍障內，換條路走也無傷大雅。

迷宮裡的老鼠想跑哪去都行，只要待在迷宮內就好。

今天圍牆上空無一物。
夏天屍體會發臭，招來蒼蠅，
所以不像冬天掛那麼久。

空空如也的圍牆比平時更怵目驚心。有人掛在牆上時，
至少你還知道最糟的後果。要是上頭什麼也沒有，就代
表什麼都有可能，宛如風暴將至。只要我能看到屍體，
看到實實在在的屍體，能由身高和體型來判斷那不是盧
克，我就能相信他仍活著。

這條街上曾有間賣冰淇淋的店。

可以買到兩球冰淇淋。只要你想要，
他們還會撒巧克力碎片在上頭。

我會念冰淇淋的口味給她聽，讓她選。

可是她不會照口味選，而是依顏色挑選。
她穿的裙子和衣服也都是那些顏色。
冰淇淋般柔和的色彩。

大多數販售男性用品的店鋪仍照常營業。
只有賣他們口中所謂奢侈品的東西的店，
才會被迫關門大吉。

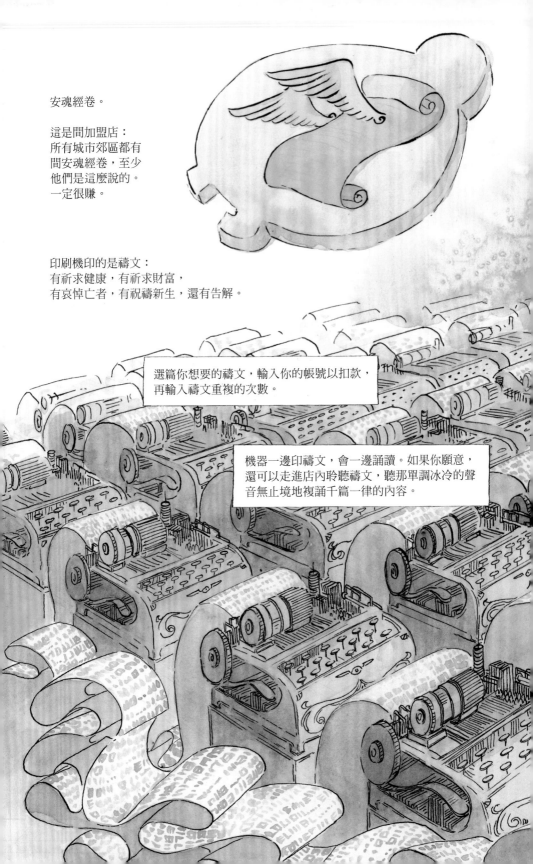

安魂經卷。

這是間加盟店：
所有城市郊區都有
間安魂經卷，至少
他們是這麼說的。
一定很賺。

印刷機印的是禱文：
有祈求健康，有祈求財富，
有哀悼亡者，有祝禱新生，還有告解。

選篇你想要的禱文，輸入你的帳號以扣款，
再輸入禱文重複的次數。

機器一邊印禱文，會一邊誦讀。如果你願意，
還可以走進店內聆聽禱文，聽那單調冰冷的聲
音無止境地複誦千篇一律的內容。

我鬆了一口氣。
不是衝著我來的。

如果你不贊同，
儘管說就是了。

好吧，沒錯，
我的確不贊同。

你侵佔另一個女人的
地盤偷釣，這就是你
幹的好事。

盧克又不是魚！也不是
一塊地。他是個活生生的人。
他可以自己作主。

你只是在狡辯。

我是在談戀愛！

那不能
當藉口。

你當然沒這問題。
你自己倒是想偷女人就偷，
想借就借，毫無顧忌。

你我情況不同。兩個女人
之間的權力是對等的，所以
性是互不相欠的交易。

過時？所以你覺得男人和女人現在是平等的囉？謝了，女權主義，不過我們現在都過得很好，大功告成！你這根本就是駝鳥心態，逃避現實。

互不相欠這話可是性別歧視。

哈！

逃避現實的方式不只有一種！

反正那說法早過時了。

你以為躲在女人堆中與世隔絕就可建立起一座烏托邦的話，那你就大錯特錯了。

你確定嗎？

男人不會一走了之，莫伊拉。全世界的人口可是有一半是男人！你不能視若無睹。

這話就像是在說你應該出門感染梅毒，只因為它存在。

你把盧克比喻成性病？

她曾是我交往最久的老朋友。

現在仍是

那時候，我的工作是負責把書的內容轉換到電腦磁片上。我們自稱是磁片工，把這間圖書館叫做磁片館，這是屬於我們自己的玩笑。

這些女人全都有工作：現在簡直難以想像，不過成千上萬甚至數百萬個婦女都曾有過工作。過去這是再正常不過的事。如今就像曾經流通市面的紙幣一樣，已成追憶。

我的母親收藏了一些紙幣，和一些早期的照片一起貼在剪貼簿上。

當時紙幣已不再流通，買不到任何東西。

到我九歲還是十歲的時候，大多數人都用信用卡。我想這就是他們能奪權成功的原因，一夕之間天翻地覆，殺得所有人措手不及。若當時用的還是可攜帶的錢幣，奪權可是會更困難。

小心。要來了。

什麼東西要來了？

大家晚上都足不出戶，待在家看電視，想釐清頭緒。甚至連個可怪罪的敵人都沒有。

報紙受到審查，有些報社遭勒令停業，他們說是為了安全著想。沿路開始設置路障，出入都要出示個人通行證。沒有人反對，畢竟萬事還是小心為上。

等著瞧。這一切他們密謀已久。

看到了沒？他們關閉了色情商場！我們之前一直拚命爭取要那些鬼地方遭禁，爭了那麼久。

關得好，只是理由錯了。而且他們絕不會就此罷休，我跟你打包票。

現在行經所有橋上他們都要掃個人通行證了。說是有炸彈恐嚇之類的……

……將擇日進行新選舉，但據我們聯絡的政府內部人員說，他們得花上一些時間籌辦……

聽起來頗有道理的，鮑伯。許多人不了解籌劃規模如此浩大的事，是……

盧克啊，明天你可以開車送她去上學嗎？我知道本該讓校車接送，可是已經有太多孩童失蹤了……

當然好，我會送她去。

對不起。可是這是法律規定的。我真的很抱歉。

抱歉什麼？

我必須讓你們走人。

法律規定的。我逼不得已。我必須讓你們所有人走。

我們被開除了？究竟是為什麼？

不是開除，是讓你們走人。

你們不能再在這裡工作了。法律規定的。

你不能隨便叫人走就走。

你不懂。請你們走吧，馬上離開。我不想惹上麻煩。

惹上麻煩的話，書會不見，東西會被破壞……

他們在外頭。

如果你們現在不走，他們會親自來趕你們走。

我們全都不明就裡，也無話可說。

我們面面相覷，大家都一臉沮喪，還有些許慚愧，彷彿做了錯事被人抓包。

究竟為何我們會覺得自己是活該？

今天用電子信用卡
買東西了嗎？

他們把卡凍結了。我的卡也不能用。卡號上性別註明是女性而非男性的卡，全被凍結了。他們只要動動手按幾個按鍵。我們就身無分文。

可是我戶頭還有
兩千多美元耶！

女人再也不能擁有資產。
這是新制定的法律。
今天看電視了嗎？

盧克可以用你的電子信用卡。
他們會把你的卡號轉給他用。
至少他們是這麼說。

由丈夫或
男性親屬接管

可是……
為什麼？

他們為什麼要
做得這麼絕？

那你要
怎麼辦？

我只能
來暗的了。

他們就是得這麼絕。一下子
同時凍結電子帳戶，把人開除。
不然現在機場不就全擠滿
逃難的人了？

他們不讓我們逃到
任何地方，肯定是如此。

回家途中我從車上收音機聽說了。別擔心，一定只是暫時而已。

他們有說為什麼嗎？

我們會撐過去的。

媽咪！

你根本不了解我的感受。就像雙腳被人砍掉一樣。

不過是一份工作而已。

我想你會繼承我所有的錢。我明明人還活得好好的。

我開始疑神疑鬼了。

別說了。你知道我永遠都會照顧你的。

他已開始以恩人自居了。

怎麼了？

我不知道。

我們
仍有……

我們？就我所知，沒人奪走你什麼東西。

對不起。我不是這個意思……

不，該道歉的人是我。

我們仍有彼此。

不過，某些東西改變了，某種平衡。我覺得自己變得好渺小，當他摟我入懷，一把抱起我時，我就像一只洋娃娃那樣小。

我想對此他根本不在乎。他完全不在乎。搞不好還暗自竊喜。我們不再屬於彼此。而今是我屬於他。

所以，盧克，現在我想問你的是，我需要知道的是，當初我這麼想，是對還是錯？當初我大可以開口問你，可是我不敢問。我無法忍受失去你。

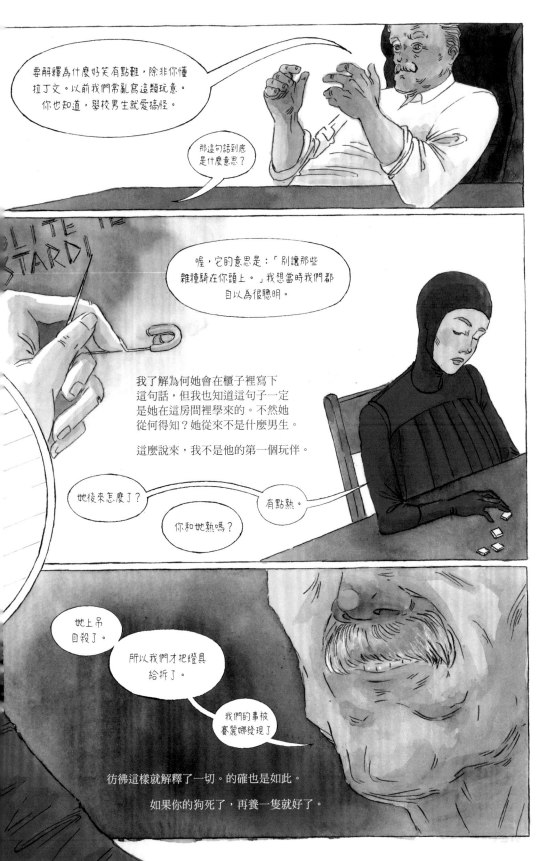

XI

NIGHT

夜

她就在那裡盪來盪去，

輕輕擺盪，像只鐘擺。

就像孩提時手抓著樹枝盪鞦韆那樣。

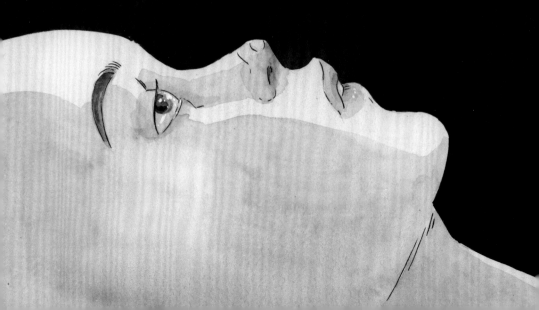

或許她仍在這裡，和我一起。

我覺得自己像被人埋葬了。

JEZEBEL'S

蕩婦俱樂部

每天晚上上床前我都會想，
一到早上我就會在自己家中醒來，一切都會恢復原狀。

今天早上卻也什麼都沒變。

奧芙弗雷德

過來這裡。
有事要你幫忙。

你可以
坐下。

幫我拿著
毛線。

許多夫人會像這樣替在前線打仗的天使軍
織圍巾。最好是天使軍會需要圍這麼別緻
的圍巾。

有時我不禁想，這些圍巾根本沒送
去給天使軍過，而是整條拆解成一
團紗線，讓夫人們一織再織。或許
這不過是讓夫人有事可忙，讓她們
活得有目標。

我們出發去參加祈禱集會，
去展現我們有多麼順從，
多麼虔誠。

聽說眼目的婚宴
就是在那裡舉行的。

誰告訴
你的？

祕密情報網。

我們有個
暗號。

暗號？
做什麼用的？

分辨誰是
自己人。

暗號是
什麼？

五月天。我曾用
這暗號試探過你。

五月天。

到後面去。
比較方便講話。

我們知道你和他單獨見面。
你的大主教。他到底想幹嘛?
玩變態性愛遊戲嗎?

算是吧。

那些人有
怪癖的可是
多得嚇人呢。

我無可奈何。我不能
說我不去。

你當然拒絕不了。不過,
去探個究竟也好,告訴我們
是什麼情況。

探什麼
究竟?

什麼都行,
盡你所能。

這些婚姻自然是別人安排的。這些女孩已多年不許跟男子獨處，打從基列建國後便行之有年。

天花板上的花環在我頭上漂浮，
像凍結的光圈，像一個零。

像太空中恆星爆炸形成的黑洞。
像擲石子激起的水面漣漪。

每個月我都戰戰兢兢查看是否月經來潮，
一旦流出經血，就表示失敗。
我又失敗了，做不到別人的期許，
而這些期許也成了我自己的。

我曾認為我這副身體是用來
享樂的，讓我能來去自如，
實現自我意志。

我的身體並非無所不能，
但總還算柔韌結實，
和我是一體的。

如今這副肉身的構造
改變了。我像是一朵雲，
圍繞著中心物體而凝結，
那物體形狀如梨，
比我更堅硬、更真實，
裹覆在它那剔透的膜中，
發出熠熠紅光。

所有的夢就數這個最可怕。

那天是星期六早上，時值九月。

一家子要出遊，這是
我們打算在跨越邊境
時講的說詞。

她以為要去野餐，
畢竟我們也是這麼
告訴她的。我們餵
她吃下安眠藥，趁
她在睡夢中時穿越
邊境。

我們不想讓自己看起來像
是出遠門，所以什麼行李
也沒帶。

我們弄來了假護照，對方
保證萬無一失，物超所值。

GILEAD ✦ CANADA

我不想講這個故事。

時間並未靜止不動

時光之流湧上來，將我整個人沖走，
彷彿我只是個沙子捏成的女人，被粗心的孩
子丟下，扔在靠海水太近的地方。

如今我不過是一個影子，遠遠隱身在這張
光滑晶亮的照片後方。影子的影子，
如同所有死去的母親。

從她的眼神看得出來，
她眼中沒有我的存在。

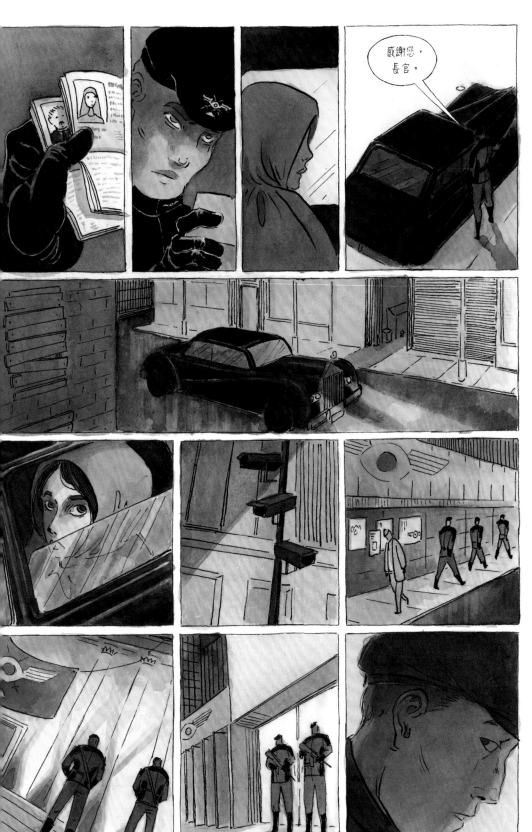

照老樣子準時來接，尼克。

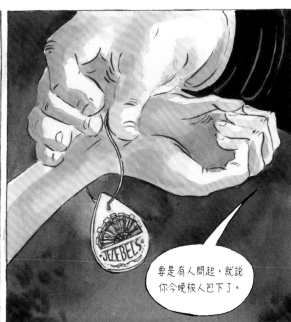

要是有人問起，就說你今晚被人包下了。

我曾來過這裡：很久以前和盧克在下午的時候來過。當時這裡是間旅館。

十五分鐘。
每隔一小時才能
休息一次。

你到這地方來幹嘛?見到你我是高興,但這對你來說可不妙。

你做錯了什麼事?笑他的老二小嗎?

我只是待一下子而已。只有今晚。他偷偷帶我進來的。

我們時間不多了。告訴我都發生了什麼事。

說了有什麼用?

他們有些人就好此味,藉此得到快感。

就像在祭壇之類的地方做愛一樣:你們使女本該聖潔無瑕,只為孕育子嗣。他們就愛看你們濃妝豔抹。不過又是在展現父權罷了。

我差點就脫逃成功了。

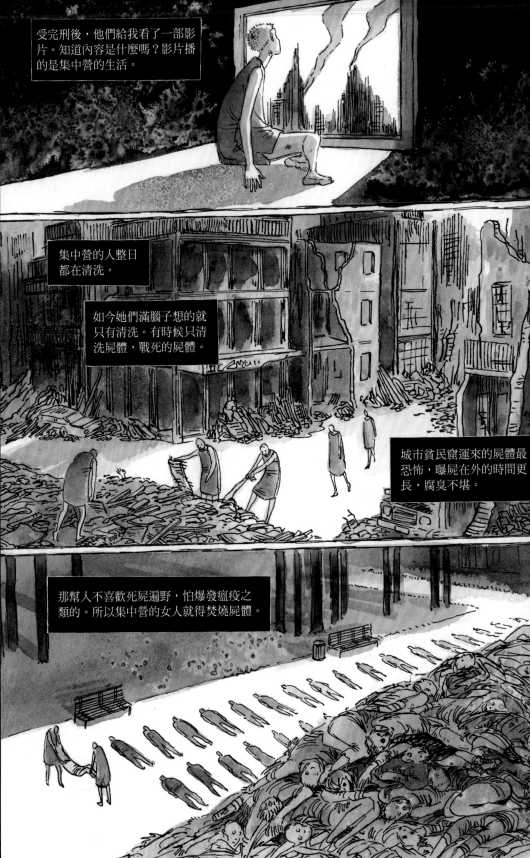

受完刑後，他們給我看了一部影片。知道內容是什麼嗎？影片播的是集中營的生活。

集中營的人整日都在清洗。

如今她們滿腦子想的就只有清洗。有時候只清洗屍體，戰死的屍體。

城市貧民窟運來的屍體最恐怖，曝屍在外的時間更長，腐臭不堪。

那幫人不喜歡死屍遍野，怕爆發瘟疫之類的。所以集中營的女人就得焚燒屍體。

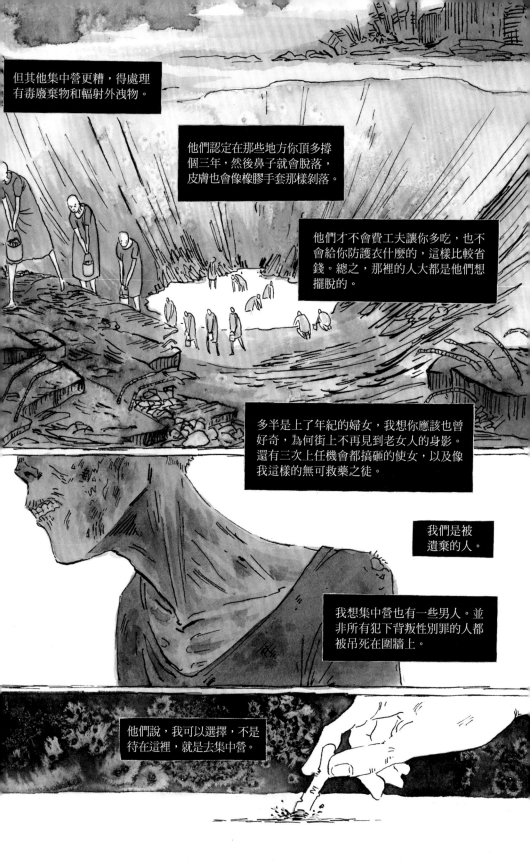

但其他集中營更糟，得處理有毒廢棄物和輻射外洩物。

他們認定在那些地方你頂多撐個三年，然後鼻子就會脫落，皮膚也會像橡膠手套那樣剝落。

他們才不會費工夫讓你多吃，也不會給你防護衣什麼的，這樣比較省錢。總之，那裡的人大都是他們想擺脫的。

多半是上了年紀的婦女，我想你應該也曾好奇，為何街上不再見到老女人的身影。還有三次上任機會都搞砸的使女，以及像我這樣的無可救藥之徒。

我們是被遺棄的人。

我想集中營也有一些男人。並非所有犯下背叛性別罪的人都被吊死在圍牆上。

他們說，我可以選擇，不是待在這裡，就是去集中營。

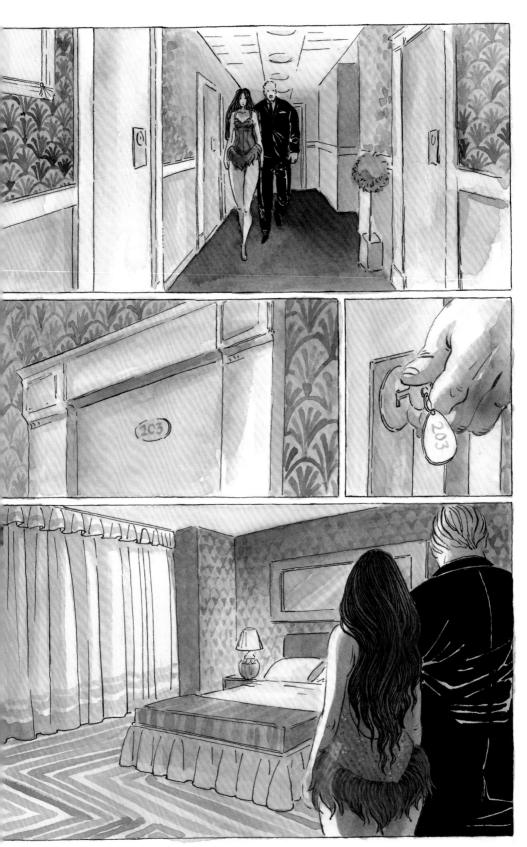

XIII

NIGHT

夜

賽麗娜·喬伊依約在午夜來到這裡。

我已脫掉那件綴滿亮片的衣服，也用衛生紙擦去了口紅。
我希望不要露出什麼馬腳，希望身上沒留下什麼風月場所的
味道，或是他的味道。

時候到了。

跟著我走。
安靜點。

我把泛光燈關了。
我不會跟你出去。

到了車庫後，就上樓敲門。
他在等你。

我們引述老電影中的對白。
那些電影是在很久很久以前拍的。

印象中就連我的母親也不會
這麼說話。

在現實生活中恐怕沒人會這麼說話，
這句話打從一開始就是虛構的。

但這句苦中作樂的黃色笑話，竟如此
輕易就浮現腦海，還是很不可思議。
如今我終於明白它是做什麼用的。一
直以來，人們用它來保護、緊緊裹覆
住內心，好不讓人觸及。

此刻我好悲傷，我們談話
的方式實在是悲哀至極：
消逝的音樂、褪色的紙
花、殘破的綢緞，
回音的回音。
一切已逝，
永不復返。

不談情說愛。
可以嗎？

這句話在從前曾有別的意思。從
前它指的是：玩玩就好。現在的
意思卻是：別逞強。它意味著：
別為了我冒險。

然後就完事了。就這樣。

事後我心想：這等於是背叛。不是做愛
本身，而是我自己的反應。如果我確定
盧克已死，是否會有所差別？

XIV

SALVAGING

救　贖

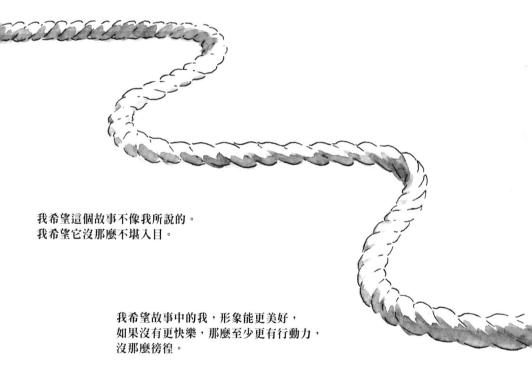

我希望這個故事不像我所說的。
我希望它沒那麼不堪入目。

我希望故事中的我，形象能更美好，
如果沒有更快樂，那麼至少更有行動力，
沒那麼徬徨。

我希望它沒這麼雜亂無章。

我很遺憾這個故事充滿了痛苦。

我很遺憾它如此支離破碎，像一具死於
槍林彈雨下或被人硬生生扯裂的屍首。

我至少是相信你，相信你
的存在，才會告訴你
這些。

我對你講述著這個
故事，你便因而
存在。

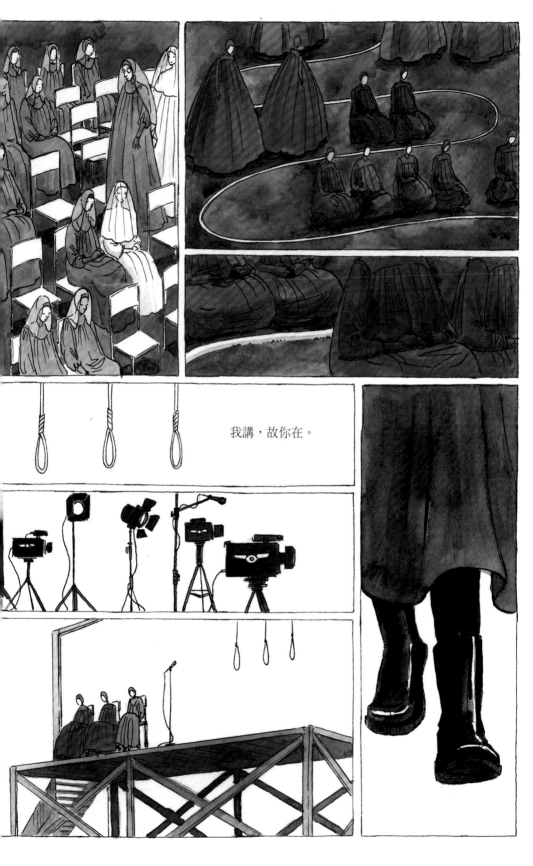

我講，故你在。

婦女救贖會並不常舉行。
沒什麼必要。這些日子
我們都乖乖安分守己。

我真不想講這個故事。

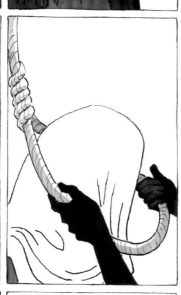

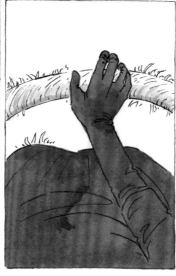

去找你們的同伴，
重新排好隊。

自己人。竟是個衛士。

真是難以置信。

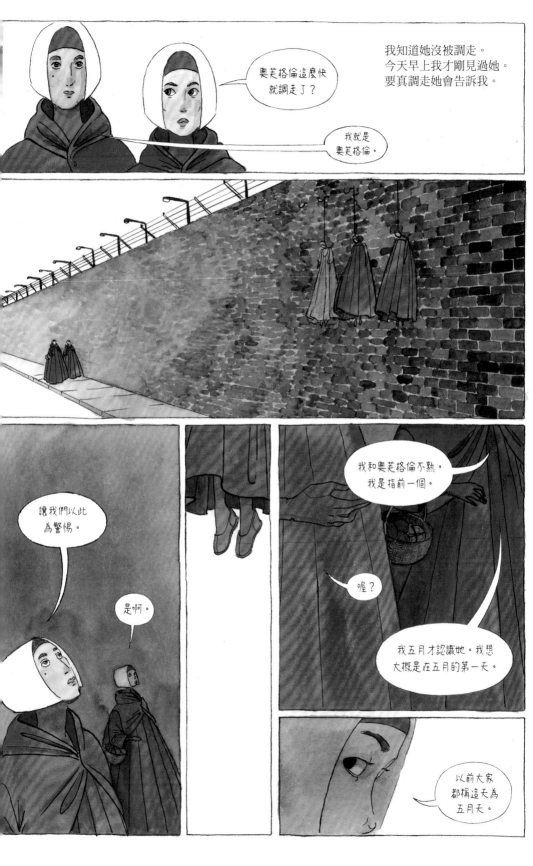

親愛的上帝，祢要我
做什麼我都願意。

我願徹底抹去自我，如果祢真這麼希望的
話。我願真心掏空自己，成為一只聖餐杯。
我願坦然接受自己的命運。我願做出犧牲。

我願懺悔。

我願放棄職責。

我願棄絕一切。

我不想當掛在圍牆上的娃娃，
我不想當折翼的天使。

我想繼續活下去，
怎麼個活法都好。

我可以把這副肉身
交給別人，任憑其處置，
隨他們對我做什麼都行。
我都會言聽計從。

我頭一次真切感受到
他們真正的權力。

奧芙弗雷德。

我信任你。
還試圖幫你。

你怎麼能如此
下賤？我早就跟
他說過……

竟敢背著我亂來。
你本來可以留些什麼
給我的。

把那件噁心的玩意
撿起來，回你房間去。

你就跟以前
那傢伙一樣，
是個蕩婦。

你也不會有什麼
好下場。

XV

NIGHT

夜

這可能是我最後一次等待了。
但我不知道自己在等什麼。

我失了寵，也就是恩寵不再的意思。我本該覺得忐忑不安。

可是我反而感到心平氣和，絲毫不以為意。

不要讓那些雜種騎在你頭上。我一遍又一遍對自己重複這句話，卻怎麼都琢磨不出話中意。你也可以說，別讓那裡有空氣，或是乾脆說別活著算了。

大概這麼說也行吧。

我感到她就在我身後，
我的前任使女，我的分身。

一身綴滿星星和羽毛飾片的裝束，
掛在枝形吊燈上，在半空中轉啊轉。

像隻飛到一半停止振翅的小鳥，像個
變身為天使的女子，等著被人發現。

這次輪到被我發現

我怎麼會以為在這裡
自己是孤身一人？

這裡總是有我們兩個人。

她說，去了結吧。我受夠了這場鬧劇。我受夠了一直噤聲不語。

你什麼人也保護不了，你的生命對任何人都沒有價值。

我想要結束這一切。

看來，更可怕的來了。

我真是在浪費時間。

我早該趁還有機會時，
自我了斷才對。

如果用心去找，這世上到處都是武器。我早該多留神注意的。可是現在想這些都太遲了。

是尼克。

沒事的。是五月天。

跟他們走。

他們之中已有人遭肅清，
還會有更多人受波及。

這究竟是我的結局，
還是全新的開始，我無從知曉：

我無可奈何，
只能把自己交到陌生人手中。

於是我走上車，一腳踏入裡頭的黑暗之中，又或許，是光明。

HISTORICAL
NOTES

歷史記載

這件物品是在昔日班各城舊址挖掘出來，
基列政權統治之前的緬因州。

錄音帶共約三十卷，
敘述間夾雜著長短不等的音樂，
一般來說，每卷由二到三首歌開始，
顯然是為掩人耳目，然後音樂中斷，
換成人聲。

是女聲，
根據我們的聲紋專家判斷，
從頭到尾都是同一人。

我們不奢望能
找到講述者身分。